봉순이네
가족입니다

사랑이 커지는 가족 동화

봉순이네 가족입니다

글_손효종 / 그림_김지영

고래
책빵

어렸을 적부터 '봉순'이라는 이름으로 많이 불렸어요. '봉수'라는 오빠 이름 때문인데요. 그렇게 듣기 싫었던 이름이 지금은 추억 속의 한 장면처럼 고스란히 남아 있어 정겹기까지 해요. 요즘은 절대 이런 촌스러운 이름을 쓰지 않겠지만 말이에요.

『봉순이네 가족입니다』는 가족 이야기를 다룬 5편의 단편 동화를 실었어요. 마음속에 가족이라는 의미가 크게 자리 잡고 있다는 생각을 이번 기회에 다시 하게 됐어요. 항상 변함없이 그 자리에 있기에 당연하다는 생각으로 마음을 표현하지 못했는데 존재 자체만으로도 풍족해지는 마음을 전하고자 합니다. 모두 공감할 수 있는 가족 이야기로 말이지요. 어렸을 적 경험했던 이야기, 아이를 키우면서 느꼈던 감정들, 다양한 소재로 더 많은 이야기를 싣고 싶었지만 5편뿐이라 아쉬운 마음도 들었어요. 다음 기회에 더욱더 재미있는 이야기로 만날 수 있었으면 좋겠어요.

24년 한 해는 '다사다난했다'라는 말이 절로 나오는 해인 것 같아요. 가족 중 건강이 악화되어 슬프게 떠나보낸 이도 있었고, 큰 수술을 한 이들도 있었어요. 옆에서 지켜보며 조마조마한 마음으로 정말 건강이 최고라는 생각만 되뇌었어요. 인생의 목표가 '행복하게 살아가자'에서 '몸과 마음이 건강하게 행복하게 살아가자'로 구체화 되었어요. 건강에 대한 관심은 아무리 강조해도 지나치지 않는 것 같아요. 주위에 모든 이들이 건강히 잘 지내길요.

이 책이 나오기까지 물심양면으로 도와주신 조연화 작가님, 마로현동화연구회 작가님들, 남편 김권옥 님, 아들 우정이, 부모님과 모든 가족에게 이 기회를 빌려 고마운 마음을 전합니다. 그리고 공기 같은 존재인 호소단 언니들, 친구들, 항상 응원과 격려 아끼지 않고 용기 낼 수 있게 버팀목이 되어 주셔서 고맙습니다.

마지막으로 바쁜 일정에도 불구하고 뚝딱거리는 저를 믿고 모든 것을 감수하고 첫 동화집을 세상에 내놓을 수 있게 해주신 고래책방 주계수 대표와 편집진, 그림작가 김지영 선생님께도 무한한 감사 인사를 전해드립니다. 모두 고맙습니다. 행복한 일들로 가득 웃음 지을 수 있는 하루하루가 되었으면 좋겠습니다.

2024년 12월 손효종

차 례

마시멜로
하나

‘내 소원은 캠핑가는 것!’

작년부터 캠핑 가고 싶어서 노래를 불렀는데, 아직 가지 못했다.

드디어 오늘 내 소원이 이루어지는 날이다. 이번 생일 선물로 가족 캠핑을 가기로 했기 때문이다. 엄마는 일 년 동안 캠핑용품을 하나씩 사 모았다. 텐트만 있으면 되는 줄 알았는데, 다른 짐이 이렇게 많을 줄이야.

“우정아, 제시간에 캠핑장 도착하려면 너도 짐 나르는 걸 도와야 해. 알겠지? 당신은 무거운 짐부터 옮겨줘요!”

엄마는 아빠와 나에게 각자 할 일을 나눠 줬다. 군인 아저씨들을 앞장서서 지휘하는 장군처럼 말이다. 나는 대답 대신 엄지척 하며 손을 올렸다. 아빠도 나를 따라서 엄지손가락을 위로 올렸다. 짐을 옮기는 수레로 다섯 번은 왔다 갔다 했다. 출발하기 전부터 나는 벌써 힘들었다. 차에 타려고 문을 열었더니 뒷좌석에 내가 앉을 자리만 겨우 남아있었다. 자리는 좁고 몸은 불편했지만, 우리 가족이 함께 떠나는 첫 캠핑에 마음만은 설렜다.

"우리 가족 첫 캠핑! 출발!"

짐을 옮기느라 힘들었을 텐데 아빠는 기분이 좋은지 들뜬 목소리로 말했다.

차창 밖으로 알록달록 예쁜 색깔들이 눈에 들어왔다. 언뜻 보면 빨강 노랑 깃발들이 펄럭이는 것 같았다. 구불구불한 산길을 따라서 내 몸이 이리저리 움직였으나 화창한 가을 날씨에 색깔 옷을 입은 나뭇잎 덕분에 멀미도 느껴지지 않았다. 첫 캠핑장은 집에서 멀지 않은 계곡 옆에 위치한 곳이다. 캠핑 초보자는 멀리 가면 힘들다며 엄마가 가까운 곳으로 결정했다.

얼마 지나지 않아 도착한 캠핑장은 뛰어다녀도 될 만큼 아주 넓었다. 캠핑장 사장님은 쓰레기봉투를 하나 내밀더니 캠핑장에서 지켜야 하는 약속이라며 종이와 함께 나눠 주었다. 무엇보다도 '밤 10시 이후에는 조용히 해야 한다'는 내용에 의아하기는 했지만 말이다.

'사람들이 밤늦게까지 시끄럽게 해서 그런가.'

우리 텐트를 칠 공간은 커다란 나무 바닥이 깔려있었다. 아빠는 데크라고 하는 나무 바닥 위에 텐트를 칠 거라며 차례대로 해야 할 일을 설명해 주었다. 차에 실었던 짐은 다시 다섯 번이나 왔다 갔다 하면서 모두 옮겼다. 텐트를 치기 위해 지퍼를 열었다. 으악! 순간 내 머리카락이 빳빳해지는 것을 느꼈다.

"엄마! 이거 뭐예요? 텐트가 왜 핑크색이에요?"

"우정아, 텐트 너무 예쁘지 않니? 엄마 맘에 쏙 드는 텐트 고르느라 얼마나 고생한 줄 아니?"

"아니. 그래도 이건 아니잖아요. 전 남잔데 핑크라니요."

"색깔에 남자 여자가 어디 있니? 예쁘면 됐지. 우정아! 해 지기 전에 텐트를 치고 저녁 먹을 준비해야지. 서두르자."

'아… 망했다. 텐트 색깔은 생각도 못 했는데. 하나도 이번 주에 캠핑간다고 했는데, 여기서 만나는 건 아니겠지. 설마!'

하나는 4학년 2반 나랑 같은 반이다. 우리 반에서 제일 친해지고 싶은 친구이다. 하나는 나랑 다르게 성격도 활발하고 인기도 많다. 하나를 생각하니 가슴이 두근거렸다.

'어쩔 수 없지. 기운을 내서 빨리 텐트나 쳐야겠다.'

짐 옮기는 것도 힘들었는데 텐트를 치고, 지붕 역할을 해 주는 타프도 기다란 봉으로 고정했더니 다리에 힘이 풀렸다. 그래도 타프는 핑크색이 아니라 다행이었다. 하지만 아이스박스, 전등, 탁자, 의자, 매트까지 핑크색 천국이었다. 핑크색만 봐도 머리가 어지러울 지경이었는데, 식탁에 의자에 선반에 모든 것들은 다 조립해야만 해서 너무 힘들었다.

'내가 생각한 캠핑은 이런 게 아니었는데. 왜 이리 힘든 거야! 그냥 집에서 게임이나 할걸…'

나 혼자만 하는 것도 아닌데, 엄마 아빠가 훨씬 더 많이 일하는데도 너무 힘들었다.

"우정아, 원래 캠핑은 힘든 거야. 힘든 만큼 즐거움도 커질 테니 너무 걱정하지 말고!"

엄마는 내 마음을 다 알았는지 어깨를 토닥거려 주었다.

'고생 끝에 낙이 있다'라는 속담이 생각났다. 시험에 나오

14

면 맞힐 수 있겠다는 생각도 들었다. 나도 모르게 웃음이 나왔다. 평소에 공부에 흥미가 없던 내가 이런 생각마저 드니 말이다. 마지막 남은 의자 하나를 펼쳐서 철퍼덕 앉았다. 다리가 저리고 아파 꼼짝할 수 없었다.

"아, 차가워!"

"땀 흘리고 나선 얼음물이 최고지!"

엄마가 건네준 얼음물은 지금까지 마신 물 중 당연히 최고였다.

"아, 좋다. 이게 캠핑의 맛일까요? 하하하."

내 말 한마디에 엄마 아빠 모두 크게 웃었다. 우리는 잠시 앉아서 시원한 바람에 땀을 식혔다. 처음에 보이지 않던 풍경들이 눈에 들어왔다. 울긋불긋한 산 밑에 졸졸졸 흐르는 계곡 물까지. 물속으로 당장 뛰어들고 싶었지만, 다리는 더 이상 움직이지 않았다. 그랬다가는 캠핑을 즐기지 못하고 뻗어버릴 것만 같았다.

"이제 슬슬 저녁 준비해야겠다. 우정이 좋아하는 고기 많이 사 왔으니 기대해도 좋아!"

"역시 엄마 최고예요! 그럼 불은 제가 붙여 볼래요!"

불 담당인 아빠의 도움으로 나는 마른 나뭇가지들을 모아 바닥에 깔아 놓은 뒤 그 위에 장작을 지그재그로 쌓아 올렸다. 부탄가스를 연결한 토치에서 불이 뿜어져 나왔다. 깜짝 놀라 엉덩방아를 찧을 뻔했지만 아무렇지 않은 척 의자에 앉았다. 아빠는 불 크기를 조절한 뒤 나에게 토치를 건네주었다. 용기를 내서 토치를 받아들고 쌓아놓았던 나무 장작에 가져다 대니 불이 조금씩 붙기 시작했다. 어느새 활활 타오르는 불길은 하늘 끝까지 뻗어 갈 것만 같아서 멍하니 불만 쳐다보았다.

"캠핑의 묘미. 이게 불멍이라는 거네요. 저도 모르게 계속 바라보게 돼요."

"그러다 불 속으로 빨려 들어가면 안 된다. 하하하!"

아빠가 하는 재미없는 농담에도 깔깔깔 웃었다. 쌓아놓은 나무가 검어져서 숯이 될 때까지 기다렸더니 은은하고 잔잔한 불로 바뀌었다.

"지금이야! 지금 고기 굽기 딱 좋은 불이야!"

아빠는 고기를 꺼내서 석쇠 위에 착착 구웠다. 나는 고기가 익을 동안에 고기를 싸 먹을 상추를 씻으러 수돗가로 갔다. 예전에 상추쌈을 먹다 상추에서 발견한 애벌레 생각에 한 장씩 꼼꼼하게 씻었다.

"우정아!"

누군가가 나를 부르는 귀에 익은 목소리가 들렸다. 뒤돌아보니 하나가 서 있었다. 학교에서 본 모습과는 다르게 핑크색 원피스에 리본 머리띠를 하고 있는 모습이 정말 예뻤다. 두 손에는 상추를 들고 있었다. 나는 순간 당황해서 인사도 잊은 채 바라만 봤다.

'왜 하필 여기서 만나는 거냐고.'

"우정이 너도 캠핑 왔구나. 우리 가족도 캠핑왔는데, 여기서 만나니까 너무 반갑다!"

"어… 하나야. 안녕!"

나는 어색하게 인사했다. 인사만 하고 다시 상추 씻기에 집중했다. 하나가 나보다 먼저 가기를 기다렸지만 가지 않고 옆에 서 있었다.

"우정아. 상추 다 씻었으면 같이 가자! 너희 텐트는 어디에 있어?"

어쩔 수 없이 상추를 들고 고갯짓으로 방향을 가리켰다.

"아, 우리 텐트는 저기 멀리 있어. 너희 텐트는 어느 쪽에 있어?"

"우리 텐트는 계곡 앞에 있어. 가면서 알려줄게."

우리 텐트도 계곡 앞에 있는데, 가까이 있는 건 아닌지 걱정되었다. 하나에게 핑크색 텐트를 보여주기 싫었다. 하나가 놀릴 것만 같았다. 쥐구멍에라도 숨고 싶었다.

"우리 텐트 가까이에 핑크색 텐트 있던데 너 혹시 봤어? 정말 예쁘더라."

"어? 핑크색 텐트…. 그거 우리 텐트야. 엄마가 핑크색을 좋아하셔서… 하하하."

"정말? 잘됐다. 나 구경 가도 돼?"

"나 조금 창피한데. 핑크색이라서…."

"뭐가 창피해? 오히려 난 좋은데? 여기 캠핑장에서 제일 예쁜 텐트인 것 같아서 부러운데? 우리 텐트는 검정색이라서 정말 예쁘지 않거든!"

하나가 좋아하는 모습에 얼떨떨했다. 부끄러운 마음은 조금 괜찮아져도 될 것 같았다. 이제야 하나를 만나게 돼서 좋다는 생각이 밀려들었다. 내 생일에 하나가 함께할 줄은 몰랐으니 말이다. 내 표정이 들킬까 봐 고개를 옆으로 돌리고 웃음을 참아냈다.

"안녕하세요! 저는 우정이랑 같은 반 친구 이하나예요!"

"어머! 여기서 우정이 친구를 다 만나네. 만나서 반갑구나. 하나야. 하나네 텐트는 어디 있니?"

"바로 옆에 옆에 검정 텐트에요! 핑크색 텐트 아까부터 봤는데, 정말 예뻐요!"

"호호호, 그러니? 예쁘다고 해주니 뿌듯한걸. 우리 집 남자들은 창피하다고 투덜거려서 속상했는데. 고맙다. 하나야!"

"저 우정이랑 같이 놀아도 돼요? 저도 혼자라서 심심했는데 우정이 만나서 정말 좋았어요."

"오늘 우정이 생일이었는데 마침 잘됐다! 하나도 같이 축하해주면 좋겠다."

"우와! 우정이 생일이었구나. 감사합니다. 그럼 부모님께 말씀드리고 올게요!"

하나는 후다닥 뛰어갔다. 하나랑 친해지고 싶었는데, 이렇게 생일까지 같이 보내게 되다니. 캠핑보다 더 좋은 생일 선물이었다. 타다닥! 하나가 손에 무언가를 들고 왔다.

생일 케이크에 촛불을 켜고 소원을 빌었다.

'하나랑 친해지게 해 주세요!'

후! 하고 촛불을 껐다. 하나와 눈이 마주쳤다. 나는 해맑게 웃었다.

"우정아! 생일 축하해. 선물이야! 조금 있다 같이 먹자."

"캠핑 와서 마시멜로 구워 먹고 싶었는데. 고마워. 하나야!"

"하나야 고맙다. 함께 해줘서! 이제 맛있는 고기를 먹어볼까?"

아빠는 맛있게 구운 고기를 한가득 담아서 하나 앞에 놓았다.

상추에 고기를 듬뿍 싸서 맛있게 먹었다. 맛있는 고기 덕분일까. 금방 빈 소원이 이루어진 걸까. 어느새 하나와의 서먹함은 느낄 수 없었다. 하나가 가져온 마시멜로도 살살 돌려가며 구웠다.

"아! 마시멜로가 갈색으로 변했어."

"원래 살짝 갈색빛이 돌아야 맛있어! 한번 먹어봐! 내 생일 선물!"

하나는 많이 구워봤는지 나 대신 마시멜로를 구워 주었다. 느낌도 폭신하니 입안에서 살살 녹았다.

"하나야! 정말 맛있어! 생일 선물 고마워! 잊지 못할 것 같아!"

생각지도 못한 일이 일어나서 얼떨떨했던 마음이 그새 마시멜로처럼 몽글몽글해졌다. 더 이상 빌고 싶은 소원도 생각나지 않았다. 오늘 다 이루었으니 말이다.

봉순이네
가족입니다

≋

"엄마, 오늘은 엄마도 꼭 같이 가야 해요."

오늘만큼은 엄마도 슈퍼마켓 문을 닫고 다 같이 떠나기로
했다.

"부릉 부르릉! 출발합니다!"

아빠는 신난 목소리로 힘차게 소리쳤다. 오늘은 기다리고
기다리던 봉순이네 가족 여행가는 날이다. 엄마와 봉수도
함께 말이다. 봉수는 2살 많은 봉순이 오빠다. 그래서 봉순
이는 유난히 들떠 있었다. 그저 함께 할 수 있어서 기뻤다.
쉬는 날이 없는 슈퍼마켓 때문에 주말에는 항상 엄마 없이
놀러 갔기 때문이다.

"앗싸, 고속도로를 쌩쌩 달려주세요! 아빠! 휴게소 나오면
들려주시고요."

봉순이는 항상 고속도로에 가면 휴게소에 들렀다. 화장실이 급해서도 아니었다. 참새가 방앗간을 못 지나친다고 했던가. 봉순이는 휴게소에서 파는 핫바를 제일 좋아했기 때문이다.

"역시 핫바는 휴게소 핫바가 제일이지!"

한참을 달리다 보니 푸른 바다가 펼쳐졌다. 햇빛이 내려앉아서 바다가 반짝거렸다. 눈이 부셔서 제대로 쳐다볼 수 없었지만 예뻐서 눈을 뗄 수도 없었다. 처음 보는 것도 아닌데 오늘따라 더욱더 빛나 보였다. 차를 타고 두 시간도 넘게 달린 것 같은데도 전혀 지루하지 않았다.

"드디어 도착했다. 얘들아. 이곳은 금모래 해수욕장이야. 나무 밑에 텐트를 칠 거란다. 할 일이 많으니 부지런히 움직여보자!"

봉순이는 초등학교 2학년부터 동아리 활동으로 캠핑을 자주 다녔다. 지금은 벌써 4학년이 되었다. 봉순이에게 텐트 치는 일은 식은 죽 먹기다.

한편 봉수는 집에서부터 짜증이 나 있었다. 지금은 입술

마저 뾰로통하게 튀어나왔다. 이번에 6학년이 되면서 사춘기가 왔는지 무슨 말만 해도 짜증이었다.

봉순이가 한숨을 내 쉬었다.

"오빠, 짜증 좀 그만 내고 빨리 와! 텐트 쳐야지."

"내가 언제 짜증 냈다고 그래? 그리고 혼자서도 잘하잖아. 너 혼자서 해!"

봉수는 여전히 짜증 섞인 말투로 이야기하자 봉순이도 짜증을 냈다.

"지금도 짜증 내고 있잖아. 오랜만에 가족 여행 왔는데 자꾸 이럴 거야?"

그때 엄마 목소리가 들려왔다.

"봉수야, 봉순아. 그만하고 와서 밥 먼저 먹어라. 어서 와!"

봉순이는 봉수를 째려보면서 뛰어갔다.

"엄마, 오빠가 자꾸 짜증만 내. 나도 이제 짜증이 나려고 해!"

"봉순아, 네가 참아. 오빠가 지금 한창 예민할 때잖니."

"몰라. 엄마는 맨날 나에게만 참으래!"

"그래요, 여보. 왜 우리 봉순이한테만 참으라 그래요? 우리 봉순이 참지 마! 하지만 지금은 밥 먼저 먹자. 이럴 때는 맛있는 밥을 먹어야 기분이 좋아지거든."

봉순이는 아빠 말에 짜증 난 마음을 잠시 내려놓고 밥을
먹었다. 배가 불러오니 진짜로 기분이 좋아진 듯하다. 봉수
도 밥을 먹고 나니 기분이 나아졌는지 표정이 좋아졌다.

"봉순아, 빨리 와! 텐트 치게!"

봉순이는 봉수 마음이 바뀔까 봐 후다닥 뛰어갔다. 텐트
를 치는 순간만큼은 의좋은 남매처럼 보였다.

"와, 드디어 완성이다!"

봉순이와 봉수는 하이파이브를 하며 동시에 소리쳤다. 지
금 이 순간은 정말 세상에서 제일 손발이 잘 맞는 남매였다.

텐트를 칠 동안 엄마는 설거지를 하고 짐을 정리했다. 그런
데 아빠가 보이지 않았다.

"엄마, 아빠는 어디 가셨어요?"

"아빠는 낚시할 때 필요한 거 사러 가셨어. 금방 오실 거야."

"앗싸, 내가 물고기 제일 많이 잡아야지. 오늘 저녁은 매운
탕이다! 하하하."

하늘도 우리 가족을 반기는지 햇빛이 따뜻하고 모든 것이
좋았다. 봉수도 기분이 한결 편해 보였다.

"애들아, 아빠가 낚싯대 사 왔다. 밥도 맛있게 먹었으니 이제 가족 낚시를 시작해 볼까나?"

아빠는 낚시용품점에서 사 온 비닐봉지를 들어 보이며 크게 웃었다. 봉순이와 봉수는 각자 낚싯대를 들고 자리를 잡았다. 엄마는 지렁이가 징그럽다며 텐트로 들어갔다. 아빠와 봉순이와 봉수의 낚시 대결이 시작되었다.

"엄마야! 봉순아, 나 지렁이 좀 끼워주라."

봉수는 생긴 거와는 다르게 지렁이를 손도 못 댔다.

"아이구, 남자가 지렁이도 못 만지고 어쩔까."

봉순이는 아까 짜증을 내던 봉수에게 복수하려는 듯 놀려댔다.

"본인 지렁이는 본인이 알아서 끼우세요. 흐흐흐."

그러면서 봉순이는 능숙하게 지렁이를 쑥쑥 잘도 끼워 넣었다.

"넌 무슨 여자애가 이런 걸 아무렇지도 않게 만지냐."

봉수는 봉순이를 이해할 수 없다며 쳐다보았다. 봉순이는 되레 봉수를 이해할 수 없다는 표정으로 쳐다보며 말했다.

"앞으로 짜증 안 내면 내가 지렁이를 끼워줄 수도 있는데."

봉수는 어려운 일도 아니란 듯이 바로 약속했다.

"약속 안 지키면 밤에 잘 때 지렁이 넣어버린다! 크크크."

"약속 지킨다고! 그러기만 해봐라. 가만 안 둘 테니."

"또 짜증 내는 거야?"

봉순이는 재미있다는 듯 실룩거리며 지렁이를 승승 잘도 끼워주었다.

시간이 얼마나 지났을까. 물고기가 한 마리도 안 잡히자 너무 심심했다. 낚싯대를 여러 개 설치한 아빠 옆으로 다가갔다. 봉순이는 아빠 낚싯대 중에 좋아 보이는 낚싯대를 들고 지렁이도 끼워주고 떡밥도 만들어 주었다. 촤르륵. 낚싯바늘이 날아가는 소리마저 너무 좋았다.

"아빠! 물고기들이 다들 낮잠 자고 있나 봐요. 많이 잡고 싶은데!"

아빠는 쉿! 하면서 입술에 손가락을 올렸다. 봉순이는 살금살금 자리로 돌아와서 낚싯대를 들고 바닷가를 이리저리 뛰어다녔다. 갑자기 '탁' 하고 낚싯대에 뭔가가 걸린 느낌이었다. 낚싯대를 들어보니 물고기 새끼가 잡혔다.

"어? 나, 물고기 잡았어! 이거 봐봐. 하하하."

봉수는 관심도 없었다. 아빠는 엄지를 척 올렸다. 한참 자랑한 뒤에 다시 놓아주었다. 물고기 새끼는 놓아주어야 한다고 했던 아빠 말이 생각났던 모양이다.

어느덧 해가 지고 있었다. 봉순이는 해 질 무렵 붉은 노을을 아주 좋아한다. 하늘이 온통 불그스름해졌다. 봉순이 볼도 불그스름하니 보였다. 어느새 화롯대에서 나무가 활활 타오르고 멀리서는 폭죽 소리도 들려왔다. 별이 유난히 반짝거리는 밤이다. 봉순이는 봉수한테 지렁이를 넣어야 하는데 하면서 스르르 잠이 들었다. 저녁 식사도 잊은 채 말이다.

"봉순아. 어서 일어나거라. 어제 저녁밥도 안 먹고 배고프지 않아?"

몸을 이리저리 뒤척거리며 고개를 들었다. 텐트 사이로 바다가 반짝반짝 빛나고 있었다. 바다인지 보석인지 모를 정도였다.

"우와! 엄마, 바다 좀 봐요. 정말 예뻐요!"

우리 가족은 한참 동안 같은 곳을 바라보았다. 갑자기 봉순이는 빠르게 뛰어갔다.

'풍덩!'

"봉순아. 그렇게 바로 들어가면 어떡하니! 씻지도 않고!"

"괜찮아요, 엄마. 시원하고 좋아요. 엄마도 들어오세요!"

"아휴! 진짜 못 말린다니까, 우리 딸."

갑자기 커다란 보트가 눈앞에 나타났다. 아빠는 봉순이를 위해서 선물을 준비했다.

"앗싸, 역시 아빠가 최고야!"

"우리 딸을 위해 아빠가 준비했지. 내일 근처 계곡에 가서 함께 보트를 타보자!"

봉순이는 보트를 들고 바다로 다시 뛰어갔다. 보트 중앙에 노를 놓더니 오른쪽 왼쪽 번갈아 가며 노를 젓기 시작했다. 앞으로 쑥쑥 나아갔다.

"하나! 둘! 하나! 둘!"

봉수도 어슬렁어슬렁 바닷가로 나왔다. 봉순이를 보고 있으니 보트가 타고 싶어졌다.

"야! 봉순이 너 나와! 이제 나 탈 거야."

"안 그래도 힘들어서 나가려고 했거든!"

봉순이는 한참 노를 저었더니 팔이 아팠다. 봉수랑 실랑이할 힘도 없었다. 모래밭에 털썩 누워서 하늘을 바라봤다. 구름 한 점 없이 맑은 하늘이었다. 파란 도화지 같았다. 갑자기 봉순이 눈앞에 검은 그림자가 드리워졌다.

'철푸덕!'

"아, 뭐야?"

"네가 먼저 놀았으니 네가 치워!"

봉수는 보트를 봉순이 위로 휙 던져놓고 가버렸다.

"내가 어제 지렁이도 끼워 줬는데…, 가만두지 않을 거야!"

봉순이는 씩씩거리면서 보트와 노를 챙겨서 제자리에 가져다 놓았다. 뒷모습은 영락없는 모래 괴물이었다.

오늘은 바다가 아닌 계곡에서 텐트를 치기로 했다. 봉순이는 반짝거리는 넓은 바다를 더 좋아했지만 괜찮았다. 사실 엄마는 햇볕이 뜨거운 바다보다는 시원한 산속의 계곡을 더 좋아한다. 그래서 하루는 바닷가에서 보내고 하루는 계곡에서 보내기로 했다. 엄마는 어제와 달리 한껏 기분이 좋아 보인다. 커다란 수박을 계곡물에 살포시 담가놓았다. 계곡물은 자연 냉장고라고 하더니 정말 그랬다. 바닷물보다도 엄청 차가웠다. 아빠는 빠르게 보트에 바람을 넣고 있었다. 봉수는 먼저 구명조끼를 입고 신발까지 챙겨 신었다.

"아빠! 여기서 보트를 어떻게 타요? 바다라면 모를까."

"괜찮아, 봉순아. 오늘은 가족 래프팅을 즐기는 거야! 보트는 계곡에서 타야 제맛이지! 모두 구명조끼를 착용하도록! 신발도 신고!"

봉순이는 빠르게 흘러가는 계곡물을 보자 덜컥 겁이 났다.

"야, 봉순이 너 겁먹었냐? 용감한 척은 혼자 다 하더니!"

봉수는 뭐가 즐거운지 히히거리고 있었다. 봉순이네 가족은 모두 연습이라도 한 것처럼 제자리에 앉아서 노를 들었다.

"출발!"

아빠 목소리에 맞춰 보트가 미끄러졌다. 잔잔한 바다 위에서 타는 거랑은 차원이 다르게 엄청 빠른 속도로 내려갔다. 구불구불한 물길이 스릴감을 더 높였다.

"꺄악!"

봉순이는 물이 얼굴을 철썩철썩 때릴 때마다 깜짝깜짝 놀랐다. 의외로 엄마는 침착하게 잘 탔다. 봉순이만 무서움에 몸이 움찔거렸다. 봉수는 물 만난 물고기처럼 몸을 이리저리 움직이며 잘도 탔다. 아빠는 선장처럼 능숙하게 선원들을 지휘하는 것 같았다. 봉순이만 빼고 모두 진짜 선원 같았다.

"앞에 물이 빠른 속도로 흐르니 모두 조심하도록! 오른쪽으로."

오른쪽에 있던 봉순이는 구령에 맞춰 노를 빠르게 저었다. 조금만 가면 넓은 강이 나온다. 하지만 방심할 수 없었다. 물의 방향이 여기저기서 흘러나오는 곳은 보트가 들썩거려서 더 무서웠기 때문이다.

'마지막이다. 여기만 넘어가면 끝이야. 할 수 있어!'

봉순이는 굳센 마음을 먹고 앞을 응시했다. 물살이 회오리처럼 뱅글뱅글 돌았다. 봉순이 머리도 빙글빙글 돌았다.

"우리 가족 모두 무사히 도착! 잘했다. 잘했어! 특히 봉순이 정말 잘하던데."

아빠 목소리에 봉순이는 정신을 차렸다. 무서운 마음으로 가득 찼었지만 끝나고 나니 정말 스릴이 넘치는 기분이었다.

"우와, 아빠! 최고예요. 진짜 재미있어요!"

"뭐야? 무서워서 잔뜩 얼었더니만. 겁쟁이! 크크크."

"안 무서웠거든? 오빠도 무서워 하드만 잘난 척은."

"애들아. 그만 싸우고! 이제 다시 올라갈 일만 남았네. 보트 타고 내려왔으니 다시 올라가야겠지?"

"하! 언제 올라가지? 재미는 있었는데…."

보트에서 내리려는 순간 봉순이의 몸이 물속으로 풍덩 하고 빠졌다. 구명조끼를 입고 있어서 바로 물 위로 떠올랐지만 나올 수가 없었다. 봉수가 보트를 뒤집어서 보트 안에 갇혀버렸다. 봉순이는 물놀이를 좋아했지만 수영을 못했기 때문에 순간 공포스러운 마음이 들었다. 엉엉 울기 시작했다. 다행히 아빠가 바로 보트를 들어주었다.

"봉수, 네 이 녀석! 아무리 장난이어도 이런 장난은 위험한 거 몰라? 봉순이가 사고라도 당했으면 어떡할 뻔했냐! 앞으로 이런 일 용납 못 한다! 봉순이한테 얼른 사과해!"

"그래. 어제부터 티격태격하더니 뭔 일이 날 줄 알았다. 이 녀석아, 동생을 아낄 줄 알아야지."

매번 오빠 편만 들던 엄마도 이번에는 오빠를 혼내 주었다. 봉수는 봉순이를 골려주려고 보트를 뒤집었는데 일이 커진 것만 같아서 순간 당황했다. 봉순이가 이렇게까지 무서워할 줄은 몰랐다.

"봉순아…. 미안… 해…. 장난친다는 게 그만."

"엉엉엉. 진짜 무서워 죽는 줄 알았다고! 진짜…."

봉수는 온몸을 떨며 우는 봉순이를 달래주며 꼭 안아주었다. 봉순이 눈치를 힐끔힐끔 보면서 봉수는 졸래졸래 뒤따라갔다. 엄마 아빠도 그런 봉수를 보고 살짝 미소 지었다.

"우리 물놀이도 재밌게 하고 왔는데, 라면을 먹어볼까? 엄마가 맛있게 라면 끓여줄게!"

"와. 물놀이 후엔 당근 라면이죠."

봉순이는 라면 소리에 금방 헤헤거리며 웃었다. 봉수도 옆에서 그 모습을 보며 따라 웃었다.

"오늘은 특별히 봉순이한테 라면 한 젓가락과 계란을 양보한다. 오빠니깐!"

"뭐? 일이래? 라면 한 젓가락이 뭐야. 두 젓가락은 더 줘야지."

"그래그래. 너 다 먹어라. 하하하."

내일이 되면 언제 그랬냐는 듯이 아웅다웅 또 싸울 테지만 오늘만큼은 의좋은 남매이다. 봉순이는 모두 함께한다는 사실만으로도 더할 나위 없는 행복을 느꼈다. 때마침 저 멀리 노을 진 하늘처럼 봉순이의 마음도 불그스름해졌다.

콜라 펩시 환타

≈≈≈

"승오야! 여기 작은 유리 상자는 뭐야?"

"아, 내가 키우는 크레스티드 게코라는 도마뱀이야. 몸집이 작아서 엄청 귀여워!"

4학년 겨울 방학하자마자 외삼촌 집에 놀러 왔는데, 도마뱀이라니! 나는 깜짝 놀란 마음을 숨길 수가 없었다. 파충류는 징그럽고 무서워서 싫어한다.

'크기가 작아 봤자 파충류지…'

승오는 엄마의 오빠인 외삼촌 아들로 나보다 2살 어린 동생이다. 어려서부터 나와 다르게 승오는 파충류와 바다 생물을 좋아한다. 하지만 집에서 파충류를 키우다니… 나는 강아지와 고양이는 키우고 싶다고 생각한 적이 있지만, 도마뱀은 상상조차 하지 못했다.

"우정이 형! 한번 만져볼래?"

"아니! 괜찮아. 난 좀 징그러워서…"

"진짜? 그럼 먹이 한번 줘 볼래? 계속 보다 보면 예뻐 보일 거야!"

"아니야! 난 그냥 보기만 할래!"

승오는 작은 주사기를 들고 왔다. 도마뱀 먹이인 분말 가루를 물에 조금 섞어서 주사기에 넣었다. 주사기를 입에 가져다주면 도마뱀이 혀를 날름거리며 빨아 먹는다. 그 모습을 보고 있으니 신기했다. 내 엄지손가락만 한 작은 크기지만 눈은 동그랗고 크다. 레몬껍질보다 조금 연한 색깔에 등에는 일정한 간격의 갈색 점박이가 있다. 나무를 타고 여기저기 올라다니는 모습은 제법 귀여워 보였다. 징그럽게 생긴 도마뱀만 생각하다가 이렇게 조그만 녀석을 보니 그런 거라고 생각했다.

외삼촌 집에 있는 동안 승오랑 노는 것보다 도마뱀 구경하는 시간이 더 많았다. 형이랑 놀지 못했다며 승오가 뾰로통한 얼굴로 나를 째려보는 걸 뒤로한 채 집으로 돌아왔다. 내

머릿속에는 도마뱀으로 가득 찼다. 도마뱀 종류가 많다고 해서 나는 핸드폰을 열고 도마뱀 구경하기에 바빴다. 그중에서 제일 마음에 드는 녀석을 발견했다. 나는 도마뱀을 꼭 키워야겠다고 결심했다.

"엄마! 강아지랑 고양이 키우자고 더이상 조르지 않을게요. 그 대신에 도마뱀 키우게 해주세요. 승오처럼 도마뱀 키우고 싶어요!"

나는 말을 어떻게 꺼낼까 고민하다가 용기 내어 말했다.

"무슨 말이야? 도마뱀이라니! 절대 안 돼!"

엄마가 생각도 해보지 않고 거절하자 나는 정말 속상했다. 귀여운 모습만 보고 덜컥 동물을 키우는 건 경솔한 행동이라면서 나를 나무라기까지 했다. 처음부터 끝까지 모든 걸 책임져야 한다며 신중하게 생각하고 또 생각해야 한다고도 했다.

'도대체 무슨 생각을 어떻게 해야 하는 거지? 내가 먹이도 잘 주고, 잘 키우면 되지. 왜 무조건 반대만 하는 거야!'

나는 다른 방법을 생각해야만 했다. 생일 선물, 어린이날 선물, 크리스마스 선물. 또 무슨 선물이 있을까. 내가 받을 수 있는 선물들을 모두 생각해 보았다. 나는 순식간에 욕심 많은 아이가 되었고, 그 결과는 처참했다. 내가 이 방법까지는 쓰지 않으려고 했지만 어쩔 수 없었다.

"엄마! 그동안 모아놓은 제 용돈으로 도마뱀 살게요. 그건 허락해 주실 거죠?"

엄마는 사달라고 조를 때는 바로 안 된다고 하더니, 내 용돈으로 사겠다고 하니 생각에 잠긴듯한 얼굴이었다. 왠지 희망이 보일 것 같아 기분이 좋으면서도 한편으로는 서운한 마음이 들었다. 하지만 여기서 포기할 수 없었다.

"엄마, 제가 모든 걸 책임지고 잘 키워 볼 테니 한 번만 믿고 허락해 주세요! 그럼 엄마 말씀도 잘 들을게요! 제발요…."

"엄마도 생각해 볼 테니 내일 다시 이야기하자."

아침에 눈을 뜨자마자 엄마한테 달려갔다.

"엄마! 엄마! 생각해 보셨어요?"

"아침부터 무슨 난리니? 휴… 그럼 정말 네가 알아서 다 해야 한다. 엄마는 일절 도와주지 않을 거야!"

"당연하죠! 제가 다 할게요! 걱정 마세요!"

나는 정말 뛸 듯이 기뻐서 하늘로 두둥실 날아오를 것만 같았다.

맹그로브. 도마뱀을 분양하는 파충류 전문점이다. 도마뱀 사육장들은 빼곡하게 나열된 책장들 같았다. 생김새가 다른 도마뱀들은 사육장 안에 각각 자리 잡고 있었다. 며칠 전까지 파충류를 징그러워했던 내가 파충류를 보러 오다니 신기한 일이다.

내가 발견한 녀석은 '레오파드 게코'와 '비어디 드래곤'이다. 다른 도마뱀들과 다르게 꼬리가 통통한 레오파드 게코는 발바닥마저 귀여운 주황색 도마뱀이다. 야행성이라서 낮에 자고, 밤에 활동한다. 그래서 눈동자는 고양이 눈처럼 세로로 길다. 그리고 드래곤을 닮았다고 해서 이름이 붙은 비어디 드래곤은 갈색과 녹색을 적절하게 섞어놓은 색깔의 도마뱀이다. 주행성이라서 우리처럼 낮에 활동하고, 밤에 잠을 잔다. 그래서 눈동자도 사람처럼 동그랗다. 주변에서 흔히 키우는 동물이 아니라서 매번 찾아보고 공부하면서 키워야 한다. 귀찮지만 하나씩 알아가는 즐거움이 생긴다.

"엄마! 정말 고맙습니다. 잘 키울게요."

신나서 한껏 흥분한 나를 보면서 엄마는 어쩔 수 없다는 표정으로 고개를 절레절레 흔들었다.

도마뱀 사육장을 미리 주문한 덕분에 바로 안락한 공간에서 키울 수 있었다. 파충류는 기온에 따라 체온이 변하는 변온동물이라 따뜻한 곳과 시원한 곳을 만들어줘야 한다. 비어디 드래곤은 조명으로 온도 조절을 해주는 자동온도조절장치가 달린 사육장에서 키우고, 레오파드 게코는 조명 대신 사육장 바닥 한쪽에 전기장판을 설치해서 키운다. 비어디 드래곤 암컷과 수컷, 레오파드 게코 수컷. 오늘부터 이렇게 총 3마리의 동생이 생겼다.

"엄마, 동생들 이름을 지어 줘야 하는데, 좋은 이름 없을까요?"

"글세, 네가 마음에 드는 이름을 지어주면 되지. 생각나는 대로 지어보렴."

"음… 비어디 드래곤은 어두운 갈색에 가까우니까 콜라와 펩시! 레오파드는 주황색이니까 환타! 내가 좋아하는 탄산음료들이에요! 어때요? 꽤 괜찮은데요. 하하하!"

"오! 정말 괜찮은 이름인데. 딱이다! 콜라, 펩시, 환타!"

"딩동! 딩동!"

다음 날, 택배가 도착했다. 나는 헐레벌떡 뛰어나갔다. 기다리고 기다리던 도마뱀 먹이가 도착했다. 도마뱀은 밀웜이라는 갈색 애벌레를 먹는다. 작은 밀웜부터 크기가 큰 슈퍼 밀웜까지 다양하다. 콜라와 펩시와 환타는 아직 5개월 된 아이들이라 작은 밀웜을 주문했다.

'윽! 꼬물꼬물하는 게 좀 징그러운데…'

밀웜도 탈피하면서 크기가 커지니 먹이를 주면서 같이 키워야 한다고 했다. 귀뚜라미도 먹는다는데, 그건 내가 못 키울 것 같아서 조금 더 귀엽게 생긴 밀웜을 선택했다. 도마뱀을 건강하게 키우려면 밀웜에 칼슘 비타민 가루를 같이 묻혀서 주면 된다.

환타는 밀웜만 먹고, 콜라와 펩시는 밀웜과 함께 상추, 애호박 등 채소도 먹는다. 그야말로 손이 더 많이 간다. 상추는 잘게 찢어주고, 애호박은 잘게 채 썰어 줘야 한다. 어쩔 수 없이 애호박은 엄마에게 부탁했다. 비어디 드래곤은 식성이 좋아서 먹이를 많이 먹는다. 그만큼 똥도 자주 싼다. 똥을 치우는 것이야말로 제일 힘든 순간이다.

"엄마! 한 번만 똥 좀 치워주면 안 돼요?"

"우정아! 모든 걸 다 혼자서 한다고 약속했잖아. 채소 챙겨 주는 것도 엄마가 도와주고 있잖니. 냄새가 너무 지독하다. 빨리 치워야겠어!"

"으… 정말 콜라, 펩시는 똥쟁이에요. 똥쟁이! 환타는 똥도 귀여운데…. 날마다 똥만 치우다 죽겠어요!"

"벌써 그러면 어떡하니? 끝까지 책임져야지. 네 동생이라며!"

나는 괴로운데, 엄마는 기분이 아주 좋아 보인다. 어차피 할 일. 코를 막고 똥을 빠르게 치워주고, 따뜻한 물에 목욕도 시켜주었다. 내가 목욕한 듯이 개운했다. 목욕한 지 얼마 지나지 않았다.

"아악! 야! 어떻게 또 똥을 싸니. 아까 싸서 목욕까지 시켜줬는데. 흐흐흑."

콜라는 집에 들어간 지 얼마 되지 않아 똥을 또 뿌지직 쌌다. 이쯤 되면 나를 일부러 괴롭히려고 그런 거라는 생각밖에 들지 않았다. 나는 화가 나고 괘씸한 마음이 들어서 치우지 않고 그냥 내버려 두었다.

처음에는 날마다 치워줬는데, 다음에는 이틀에 한 번, 그 다음에는 삼 일에 한 번. 점점 더 길어졌다. 사실 귀찮아져서 엄마와 처음 한 약속은 내 기억 속에서 뭉게구름처럼 저 멀리 사라져 갔다.

콜라, 펩시, 환타가 우리 집에 온 지 한 달이 다 되어 간다. 언제나처럼 아침에 일어나서 상추를 조각조각 찢어서 주었다. 초록색만 보여도 먹이인 줄 알고 달려들었던 콜라와 펩시가 이상하게 조용했다. 상추를 앞으로 내밀었는데도 움직이지 않고 눈을 한 번 뜨더니 다시 감았다.

'잠이 와서 그런가. 그릇에 넣어두면 조금 있다 먹겠지.'

나는 학교가 끝나고 곧장 집으로 왔다. 그릇에 상추가 그대로 있었다. 콜라와 펩시도 아침에 봤던 모습 그대로 눈을 감고 있었다. 이건 뭔가 잘못됐다고 생각했다.

"엄마! 엄마! 콜라랑 펩시가 이상해요. 어디가 아픈가 봐요! 얼른 와보세요!"

"어디가 이상한데? 아무렇지도 않은 것 같은데? 자고 있는 것 아니야?"

"아니에요! 상추가 그대로 있잖아요. 평소에는 환장을 하고 먹던 애들인데 아예 먹지를 않았어요. 병원에 데려가야 하는 것 아니에요?"

"도마뱀은 특수동물병원에 가야 한데. 우리 동네에는 없고 차를 타고 가야 하는데 당장 갈 수가 없으니 어떡하니?"

"아! 파충류 전문점 사장님한테 물어봐요. 왜 그런지 알 수 있지 않을까요?"

엄마는 곧바로 맹그로브 사장님께 전화했다. 콜라와 펩시가 평소에는 어땠는지 밥은 잘 먹고 똥은 잘 쌌는지 물어보았다. 그런데 갑자기 먹지도 않고 잠만 잔다고 하니, 무슨 이유가 있어서 그런 거라고 했다. 혹시 사육장 위생상태는 어떠한지 변화된 건 없는지 물어보았다. 그 순간, 나의 게으름으로 인해 똥을 날마다 치우지 않고 방치했던 장면이 생각났다.

"위생상태가 안 좋으면 벌레가 생길 수 있어서 조심해야 해요. 벌레 때문에 컨디션이 안 좋아지면 거식 증상도 올 수 있고 스트레스를 받아서 그럴 수도 있어요. 몸에 벌레가 있는지 확인 부탁드려요."

나는 콜라와 펩시의 팔과 다리와 목이랑 접혀있는 부분을 꼼꼼히 살펴보았다. 헉! 자세히 보지 않으면 보이지 않는 까만점처럼 생긴 벌레가 움직이는 걸 보았다.

"자세히 보니 아주 작은 까만 벌레가 있어요. 이거 뭐예요?"

"아… 진드기인 것 같네요. 약국 가면 진드기약 있는데 그거 뿌려주세요. 항상 사육장을 위생적으로 관리해주셔야 합니다."

사장님 말씀을 듣고 보니, 왠지 내 탓 같았다. 날마다 깨끗하게 청소해주었으면 괜찮았을까. 내 게으름 때문에 애들이 아픈 것 같아서 마음이 아팠다. 사육장 안에 있는 것들을 모조리 다 꺼내서 깨끗하게 닦고 소독했다. 콜라와 펩시를 따뜻한 물 속에 넣어주니 일부 벌레들이 둥둥 떠다녔다. 머리나 팔, 다리 겹친 부분들은 솔로 살살 문질러 주었다.

아침에 일어나서 제일 먼저 콜라와 펩시 몸을 이리저리 살펴보았다. 매일 목욕을 시켜주고, 진드기약을 뿌려주고, 사육장도 소독하고 정성껏 돌보았다. 눈에 보이는 벌레가 줄어들기 시작하면서 콜라와 펩시는 조금씩 움직이기 시작했다.

이 주일이 지났을까. 콜라와 펩시는 상추를 조금씩 먹기 시작했다. 음식을 먹지 않다가 갑자기 먹으면 배탈이 날까 봐 조금씩 조절하면서 주었다. 하루하루가 다르게 기운을 찾아가는 게 눈에 보였다. 역시 잘 먹어야 건강하다는 말이 맞는 것 같다.

한 달이 지나니 건강을 되찾았다. 처음처럼 초록색만 봐도 달려들고, 밀웜을 보면 뛰쳐나와서 아작아작 씹어먹었다. 잘 먹는 모습을 보니 뿌듯하고, 감격스러웠다.

"엄마! 엄마도 제가 밥을 잘 먹으면 뿌듯하고 기분이 좋아요?"

"그럼! 당연하지. 우리 아들이 잘 먹고 잘 커가는 모습이 엄마는 제일 큰 기쁨이란다."

"나, 조금은 엄마 마음을 알 것도 같아요!"

"오, 우리 우정이 다 컸는데, 엄마 마음도 알아주고!"

"엄마가 동물을 키우는 건 힘들다고 했던 말, 끝까지 책임질 줄 알아야 한다는 말, 이젠 알겠어요! 엄마가 저한테 그랬듯 저도 도마뱀에게 시간과 정성을 쏟아야 한다는 걸요!"

"엄마가 다 감동인데. 콜라와 펩시와 환타는 든든한 형이 있어서 좋겠다. 펩시한테는 오빠겠구나. 하하하!"

"콜라, 펩시 그리고 환타! 앞으로도 잘 부탁한다! 많이 먹고 잘 자라렴!"

콜라와 펩시는 내 마음을 아는지 모르는지 옆에서 아작아작 상추를 먹다가 고개를 들어 갸우뚱하더니 다시 상추를 먹었다. 환타는 시끄러운데도 꿈쩍하지 않고 쿨쿨 잠만 잤다.

나는 가슴이 뭉클하다는 느낌을 오늘 처음으로 느꼈다. 언젠가 내 키가 자란 만큼 내 감정들도 쑥쑥 자라겠지. 그때는 더 많은 감정을 표현할 수 있을 것만 같은 설렘을 느끼면서 콜라와 펩시와 환타도 지금보다는 몸집이 커져서 든든해진 모습을 상상해 보았다.

'윽! 그만큼 똥도 커지고 더 많이 싸려나. 안돼! 하하하.'

우정의 우정

～～～

'내일이면 만날 수 있겠다.'

나는 혜리를 만날 수 있다는 생각에 마음이 설레었다. 혜리는 우리 앞집에 산다. 방학 때면 항상 같이 놀았었는데, 이번 겨울 방학에는 혜리네 가족이 여행을 가서 얼굴 한 번 볼 수 없었다.

아침 햇살에 저절로 눈이 떠졌다. 벌떡 일어나 학교 갈 준비를 하고 밥도 먹는 둥 마는 둥 하고 집을 나섰다. 아직 날이 쌀쌀했지만, 추운지도 모른 채 한걸음에 달려 학교에 갔다. 항상 혜리와 같은 반이었지만, 이번에는 다른 반이 되었다. 같은 반이 되었으면 좋았을 텐데 너무 아쉬웠다. 교실 문 앞에 서 있는데 친구들 목소리가 들려왔다.

"헉! 너 우정이 맞냐? 도대체 뭘 먹었길래 이렇게 돼지가

됐냐? 크크크."

"얘들아, 우정이 좀 봐봐!"

우리 학교에서 제일 말 안 듣는 장난꾸러기 치현이었다.

"문치현! 너…"

나는 치현이한테 장난치지 말라고 소리 지르고 싶었지만, 목소리가 나오지 않았다. 여기저기서 친구들의 웃음소리가 들렸다. 설레는 마음으로 학교에 왔는데 치현이의 말 한마디로 기분은 바닥으로 가라앉았다. 방학 때 야식을 자주 먹어서 살이 좀 찌기는 했다. 이 정도쯤이야 괜찮다고 생각했는데, 친구들이 보기에는 아니었나 보다.

그때, 혜리가 교실 밖 복도를 지나갔다. 순간 눈이 마주쳤지만, 나도 모르게 고개를 돌려버렸다. 친구들 반응을 보니 혜리를 보는 게 창피했다. 마음은 가서 아는 척하고 싶었지만, 몸은 움직이지 않았다. 혜리가 나를 보며 한참 동안 서 있다가 교실로 돌아갔다. 나는 아무 말 없이 책상만 뚫어지게 쳐다보았다.

"우정이 살이 아주 많이 쪄서 왔구나. 방학 동안 엄마가 맛있는 음식을 많이 해주셨나 보네."

선생님도 나를 보고 깜짝 놀라며 말했다. 예전 같았으면 그냥 장난으로 웃어넘겼겠지만, 지금은 모든 말들과 웃음들이 상처가 된다. 친구들도, 선생님들도 모두 나만 쳐다보는 것 같다.

'살찐 게 잘못은 아닌데…'

내가 꼭 무슨 잘못을 한 것 같다. 제일 좋아하는 점심시간도 가시방석처럼 느껴졌다. 급식실에서 만난 친구들도 수군거리며 낄낄대고 있다. 배는 고팠지만, 대충 먹고 도망치듯 교실로 뛰어갔다. 교실 앞에 혜리가 있었다. 순간 뛰어가는 발걸음을 멈추고 뒷걸음질을 치며 도망갔다.

'혜리야, 미안해. 네 얼굴을 볼 자신이 없어.'

좋아하는 친구에게 이런 모습을 보이고 싶지 않았다. 이대로 집으로 도망가고 싶었다. 자꾸만 어깨가 움츠러들고 작아졌다. 나 자신이 한없이 못나 보였다.

선생님의 종례가 끝나자마자 일등으로 뛰쳐나갔다. 밖에는 장대비가 쏟아지고 있었다. 꼭 내 마음 같았다.

'진짜 오늘 최악이다. 아침에는 맑았는데, 갑자기 비가 온다고?'

눈물이 나올 것 같았다. 비를 맞으며 집까지 뛰어갔다.

다음 날, 언제 비가 왔냐는 듯이 하늘이 맑게 개었다.

"딩동."

벨 소리가 들렸다.

"안녕하세요, 아줌마. 저 혜리예요"

"혜리야, 오랜만이다. 어서 들어오렴."

혜리가 아침 일찍 우리 집에 왔다.

"야, 김우정! 너 진짜 나한테 이럴 거야? 왜 자꾸 나를 피해? 어제 점심시간에도 나보고 도망갔지?"

"아니, 그게 아니라… 미안해. 그냥 너무 창피해서."

"뭐가 창피한데? 애들이 너 살쪘다고 놀려서 그래? 그게 뭐가 어때서? 나도 놀러 갔다가 살쪄서 왔는데, 너도 내가 창피해?"

"아니야, 혜리야. 넌 살쪄도 예뻐!"

"뭐야, 우정이 너 이렇게 소심하지 않았잖아. 살 좀 쪘다고 이렇게 풀 죽어 있는 모습이 더 창피한 거야. 자신감을 가져! 너도 여전히 멋지다니깐!"

혜리의 말에 어제 하루 종일 도망 다녔던 내 모습이 더 부끄러웠다. 혜리가 작은 인형 열쇠고리를 내밀었다.

"혜리야, 이게 뭐야?"

"놀러 갔다가 네 생각나서 샀어. 어제 이거 주려고 계속 너한테 갔는데 피하기만 하고. 앞으로 그러지 마! 이 인형 너랑 닮아서 샀어."

"진짜? 고마워. 생각도 못 했는데…. 그런데 아까 나보고 멋지다고 해놓고, 인형은 왜 이리 못생긴 거야?"

"넌 그 말을 믿냐? 하하하. 빨리 학교 가자."

혜리의 장난에 크게 웃었다. 울다가 웃으면 엉덩이에 뿔 난다던데, 지금은 엉덩이에 뿔 나도 좋을 것 같았다. 선물 받은 인형 열쇠고리를 가방에 걸었다. 상처받은 마음에 살살 연고를 바른 것처럼 괜찮아졌다.

"들어봐! 울창한 나무들도 양옆에 줄지어서 너를 응원하고 있잖아. 자신감을 가지라고 말이야."

"고마워. 혜리야. 네 말을 들으니 용기가 생길 것 같아. 나무들한테 에스코트 받는 것 같아서 기분 좋은데. 하하하."

작은 연둣빛 봉우리들이 내 눈에는 꽃이 활짝 피어있는 것처럼 보였다.

"애들아! 안녕? 좋은 아침이야."

"오, 김우정! 어제는 기분이 안 좋아 보이더니 오늘은 기분 좋아 보이는데?"

치현이가 먼저 다가와 인사했다. 사실 치현이가 자주 놀려서 화나지만 알고 보면 착한 친구인 걸 안다. 다른 못된 친구들은 힘이 약한 친구들한테 더 강한 척 힘자랑이나 하는데, 치현이는 오히려 약한 친구들을 도와준다. 정말 나쁜 친구는 아니지만, 어제 내가 창피를 당한 걸 생각하면 또 화가 난다.

"당연하지. 날씨도 이렇게 좋은데, 기분 안 좋을 일이 뭐가 있냐? 너 내 걱정했냐? 크크크."

난 화가 났지만, 갑자기 화를 낼 수 없어서 반가운 척 인사했다.

"어. 사실 어제 너한테 장난치고 마음이 안 좋았어. 내가 너무 심했던 것 같아. 오랜만에 너무 반가워서 그만…. 미안해, 우정아!"

순간 치현이가 정말 맞나 싶어 눈을 비비고 다시 확인했다.

'뭐지? 갑자기 사과하니까 화가 난 내가 다 미안해지려고

하네.'

치현이가 손에 뭔가를 들고 내 앞으로 쑥 내밀었다.

"우정아, 미안해! 제발 내 사과를 받아줘."

"뭐야? 너 나한테 사과하려고 진짜 먹는 사과 가지고 온 거야? 내가 진짜 사과 봐서 참는다. 하하하."

우정이는 치현이의 재치있는 사과에 금세 마음이 풀렸다.

"사과 잘 먹을게! 우리 같은 반 됐는데 앞으로 잘 지내보자. 문치현!"

나는 치현이에게 손을 내밀었다. 그냥 한 번 해보는 말이 아니라 진짜로 잘 지내고 싶었다. 생각지도 못한 내 행동에 치현이는 조금 놀랐다. 내가 먼저 손을 내밀 줄은 몰랐나 보다. 치현이는 멋쩍게 웃으며 손을 잡았다. 비가 온 뒤에 땅이 더 굳는다고 했는데 우리 사이도 한층 더 가까워진 것 같았다.

"우정아!"

교문 앞에서 혜리가 손을 흔들며 기다리고 있었다. 혜리 얼굴을 보니 내 얼굴에 웃음꽃이 활짝 피었다.

"혜리야! 오래 기다렸어?"

"나도 금방 왔어! 너 유난히 기분 좋아 보이는데, 무슨 좋은 일 있어?"

"그래 보여? 흐흐흐. 나 치현이랑 화해했어. 먼저 미안하다고 사과하더라."

"진짜? 정말 잘 됐다. 어제의 찌질이 김우정은 가고 진짜 김우정으로 돌아왔구나. 축하한다!"

"너! 찌질이가 뭐야."

혜리의 장난 말에 우정이는 배꼽을 잡고 웃어댔다.

"우정아! 너 웃으니까 정말 보기 좋다."

"혜리야! 고마워. 다 네 덕분이야!"

빙그레 웃는 혜리 모습에 덩달아 나도 씨익 웃었다. 가방에 걸어놓은 소중한 작은 인형도 고개를 흔들며 웃고 있는 듯했다. 혜리의 따뜻한 마음이 내 마음으로 스며들었다.

특별한 장례식

올해 3학년이 된 우정이는 할아버지 댁에 놀러 가는 것을 좋아한다. 감을 따고, 매실 따고 텃밭에서 노는 것을 좋아하기 때문이다. 닭장에 닭도 많이 있었지만, 닭에게는 관심을 주지 않았다. 오히려 텃밭에 기어 다니는 곤충들을 더 좋아했다.

어느 날, 우정이는 텃밭에서 흙 놀이를 하다가 달팽이를 발견했다. 그런데 이상했다. 우정이가 알고 있는 달팽이는 껍데기가 있어야 하는데 기어가는 달팽이는 껍데기가 없었다.

'껍데기를 벗어놓고 왔나? 아니면 껍데기가 부서졌나?'

우정이는 걱정스러운 마음으로 달팽이를 관찰했다. 마치 집을 잃어버린 아이처럼 방황하는 것처럼 보였다.

"엄마, 껍데기를 잃어버린 달팽이가 혼자서 불쌍해요. 집에 데리고 가서 돌봐주면 안 돼요?"

"집엔 당연히 안 되지! 그리고 이 달팽이는 껍데기를 잃어버린 것이 아니라 원래 껍데기가 없는 민달팽이라고 해. 집이 여기인데 우리가 데리고 가면 안 되지. 어디엔가 가족이 있을 거야. 걱정 마!"

우정이는 아쉬운 마음을 뒤로 한 채 집으로 돌아왔다. 자꾸만 민달팽이 생각이 났다. 아마도 민달팽이가 외톨이처럼 느껴져서 자꾸 눈에 밟혔나 보다.

다음 날 아침, 옆집에 사는 은정 이모가 딩동 하고 벨을 눌렀다. 우정이가 반갑게 문을 열어주었다.

"안녕하세요? 이모."

"그래. 우정이도 안녕? 우정이 혹시 달팽이 좋아하니? 이모가 일하는 유치원에서 식용달팽이를 키우는데 새끼가 엄청 많아져서 가져다줄까 하구."

"이모, 제가 달팽이 키우고 싶은 거 어떻게 아셨어요? 저 완전 좋아요! 제발 가져다주세요. 한 마리는 외로우니까 두 마리가 좋을 것 같아요."

"좋아. 그럼 이모가 오늘 퇴근하는 길에 가져다줄게. 달팽이 키울 집을 준비해 놓으면 좋을 것 같아. 조금 이따 보자.”

“네. 이모, 다녀오세요.”

우정이는 달팽이 생각에 마음이 풍선처럼 부풀어졌다. 엄마에게 이 사실을 알려야 하는데 차마 입이 떨어지지 않았다. 엄마가 어제 했던 말이 떠올랐기 때문이다. 순간 우정이는 좋은 생각이 났다.

'미리 이야기해봤자 엄마는 반대할 게 분명해. 그냥 은정 이모가 가져다줄 때까지 기다리자.'

드디어 기다리던 식용달팽이가 도착했다. 처음에는 보고 깜짝 놀랐다. 우정이가 알던 달팽이가 아니었다. 탁구공만 한 크기의 달팽이가 두 마리 나란히 놓여있었다. 우정이뿐만 아니라 엄마도 깜짝 놀랐다.

“우정아, 엄마한테 말도 안 하고 키우려고 했던 거야?”

“엄마, 죄송해요. 미리 말하면 엄마가 키우지 못하게 할 것만 같아서 차마 말하지 못했어요. 그리고 이름도 미리 지어 놨어요. 달이랑 팽이로요. 제발 키우면 안 될까요?”

“우정아, 달팽이를 키우려면 달팽이 집도 만들어줘야 하고, 흙도 마련해주고, 먹이도 줘야 해. 키우기 힘들단 말이야.”

"엄마, 제발요!"

우정이는 엄마가 반대하자 울 것 같은 표정이었다. 흔쾌히 허락해 줄 거라고는 생각 안 했지만, 막상 안 된다고 하니 키우고 싶은 마음만 더 커져갔다. 엄마는 허락할 수 없었다. 작년 이맘때쯤 장수풍뎅이를 기르고 싶다고 해서 허락해 주었는데 우정이가 제대로 돌보지 못해서 하늘나라로 보내주었다.

'그냥 이대로 허락해 주면 안 될 것 같은데, 어떡해야 하나?'

엄마는 어떻게 해야 할지 고민에 빠졌다. 엄마의 표정을 조심스럽게 살펴보더니 우정이는 우렁찬 목소리로 엄마에게 말했다.

"엄마, 저 이제 3학년 형아도 되어서 잘할 자신 있어요. 장수풍뎅이는 못 지켜줬지만 달이와 팽이는 제가 꼭 지켜 줄 거예요. 무조건 반대만 하지 마시고 허락해 주세요. 만약 약속을 지키지 않으면 다시는 동물 키운다는 말 하지 않을게요."

엄마는 우정이의 간절한 마음이 느껴져 더 이상 반대를 할 수가 없었다.

"우정아, 그럼 한 번 더 기회를 줄 테니 책임지고 키워봐. 그 대신 약속 못 지키면 알지?"

"앗싸! 당연히 약속은 지키죠. 우리 엄마 최고!"

"우정이 너는 이럴 때 만 최고라 하더라. 흥."

엄마와 함께 마트에 가서 필요한 재료를 사 온 우정이는 마음이 급했는지 흙이 바닥에 줄줄 새는지도 모른 채 집을 만들어 주었다. 흙에 물도 충분히 적셔주었다. 환하게 웃는 우정이 얼굴 덕분에 덩달아 엄마까지 환하게 웃었다. 이날 부터 우정이는 달팽이 책을 끼고 살더니 달팽이에 관해서는 모르는 것이 없다며 척척박사 흉내를 내기도 했다.

어느 날 아침이었다.

"달이야 잘 잤니? 팽이 너도 잘 잤어?"

"우정아 너는 달이가 누구고 팽이가 누군지 알겠어? 엄마 는 봐도 봐도 모르겠는데."

"엄마, 내 동생들인데 제가 어떻게 모르겠어요. 당연히 알 죠. 달이는 껍질 색깔과 줄무늬가 진하구요. 팽이는 색깔이 더 연하고, 껍데기 모양도 더 뾰족해요. 이제 알아볼 수 있겠죠?"

"흠, 이야기를 들어보니 알 것도 같은데, 잘 모르겠네."

"내 동생이면 달이 팽이는 엄마 자식들인데 엄마가 자식을 몰라보면 어떡해요."

'우정이가 정말로 달이와 팽이를 진심으로 아끼고 있구나.'

엄마는 정말 형이라도 된 것 같은 우정이 모습에 마음이 흐뭇했다. 우정이는 상추를 잔뜩 사 와서 이파리를 뜯어 넣어줬다. 야금야금 갉아먹는 모습을 신기하게 바라봤다. 목구멍으로 넘어가는 초록 색깔을 보니 더 신기했다. 이빨이 제일 많은 동물이라더니, 눈으로는 보이지 않았지만 정말 많은 것처럼 보였다. 입에서 씹고 목구멍으로 넘어가는 게 보일 정도로 투명한 달팽이의 피부를 보면서 자꾸만 상추를 뜯어서 넣어주었다.

"엄마! 달팽이는 초록색을 먹으면 초록색 똥을 싸고, 노란색을 먹으면 노란색 똥을 싼데요. 진짜로 상추를 먹고 초록색 똥을 쌌어요. 책에서 봤는데도 실제로 보니까 정말 신기해요."

먹이 색깔이 바로 똥 색깔이라며 우정이는 한참 동안 배

꼽 빠지게 웃었다. 상추를 먹은 달팽이의 똥은 얇고 꼬불꼬불하고 기다란 초록색 똥이었다. 그 모습을 신기하게 지켜보던 엄마는 달이가 누군지 팽이가 누군지 모르겠다고 우정이에게 다시 말했다.

"엄마, 조금만 기다려 보세요."

우정이는 네임펜으로 달팽이껍실에 이름을 소심스레 적었다. 뒤에서 우정이의 모습을 지켜보던 엄마가 조심스럽게 다가갔다.

"푸하하, 우정이가 달팽이 껍데기에 이름을 적어 놓았어?"

"네. 엄마, 저는 달이가 누군지 팽이가 누군지 알 수 있지만 엄마를 위해서 제가 이름을 적어 놓았어요. 저 잘했죠?"

"우정이 덕분에 이제 달이와 팽이를 알아볼 수 있겠네. 그런데 이름이 지워질 것 같은데 그때는 어떡하지?"

"그럼 그때 다시 적어 놓을게요. 엄마가 계속 알아볼 수 있게 말이에요."

"우와, 우리 우정이가 엄마 생각을 이렇게 해줄 줄이야."

"엄마, 저야 항상 엄마 생각하죠. 엄마가 제 생각을 안 해주는 것뿐이에요. 엄마도 저처럼 제 생각 좀 해주세요!"

"엄마는 항상 우리 우정이 생각뿐인데, 우정이가 있어서 이렇게 행복한데."

"저야말로 달이랑 팽이가 있어서 정말 좋아요. 이런 기분이 행복인 거 맞죠?"

"그럼, 당연하지."

달이랑 팽이와 함께한 지도 두 달이 지나가고 있었다. 엄마는 시간이 지나면서 애정을 가지고 보살펴 주었다. 똥을 많이 싼다고 투덜거리면서도 항상 상추는 많이 넣어주었다. 달이와 팽이는 쑥쑥 자라나서 껍데기가 달걀 크기만큼 커다란 달팽이가 되어있었다.

"으아악!"

갑자기 엄마의 이상한 비명이 들렸다. 우정이는 엄마의 목소리에 왠지 불길한 느낌이 들었다.

"우정아, 엄마가 달이 껍데기를 깨끗하게 닦아주려고 옮기다가 그만 껍데기가 부서졌어. 미안해."

이럴 때 '마른하늘에 날벼락'이란 말이 딱 들어맞았다. 눈앞이 캄캄하고 어찌해야 할지 몰라 순간 몸이 굳어버렸다.

달이의 등에 금이 가 있었다. 단추 구멍만큼 작은 구멍도 보였다. 그때 불쑥 아빠가 옆에서 한마디를 했다.

"엄마가 손을 댔다 하면 망가지나 보다. 화분도 죽고, 이제 달팽이까지. 휴!"

엄마의 속상한 마음이 아빠의 말에 더 기분이 상했다. 평소 같으면 엄마는 아빠에게 화를 냈을 것이다. 하지만 달팽이껍질이 깨져서 속상한 우정이를 생각해서 엄마는 화난 마음을 꾹꾹 눌러 담았다. 우정이는 울먹거리며 말했다.

"그냥 놔두지 왜 건드려서 달이를 아프게 하는 건데! 달이가 아파서 하늘나라로 가면 엄마가 책임질 거예요? 흑흑."

엄마는 순식간에 벌어진 일에 당황했다. 단지 달이의 깨져버린 껍데기를 보면서 아주 많이 미안해했다. 엄마는 한참 동안 그 자리를 떠나지 못하고 서 있었다.

그 일이 있고 나서, 엄마는 아주 정성스럽게 달이와 팽이를 보살펴 주었다. 달이와 팽이의 집도 새롭게 단장해 주었다. 나무 조각도 있고, 물웅덩이도 보였다. 몸집이 더 커졌지만, 깨져버린 껍데기는 그대로였다. 그 모습을 볼 때마다 엄마는 마음이 아팠다. 상처가 나아서 새살이 올라오듯, 달이의 껍데기도 새롭게 차올랐으면 좋겠다고 수백 번 생각했다. 다행히도 우정이와 엄마의 사랑 덕분에 아무 일 없이 잘 자라주었다.

어느 토요일 아침, 유난히 크게 전화벨 소리가 들렸다. 할아버지가 위독하다는 소식이었다. 짐도 챙기지 못한 채 병원으로 급히 향했다. 우정이는 병원에 도착하자마자 집에 두고 온 달이와 팽이가 생각이 났다.

'어떡하지? 물도 줘야 하고, 상추도 줘야 하는데. 설마 무슨 일은 없겠지?'

우정이는 달이와 팽이가 걱정돼서 바로 집으로 가자고 고집을 부렸다. 엄마 아빠는 할아버지가 많이 편찮으셔서 당분간 집에 가지 못할 것 같다고 했다. 할아버지는 평소에도 몸이 안 좋아서 병원에 자주 가곤 했었다. 우정이는 그런 할아버지보다 달이와 팽이 걱정에 발을 동동 굴렀다. 하지만 엄마와 아빠는 눈에서 눈물이 금방이라도 떨어질 것 같았다. 아빠의 얼굴에서 떨어지는 눈물을 우정이는 이날 처음 보았다.

"우정아, 할아버지께서 이제 하늘나라로 가셨다는구나. 우리 할아버지께 마지막 인사를 하러 가자."

아빠는 눈물을 삼키면서 우정이에게 말했다. 사람이 죽으면 장례식을 치른다는 것도 우정이는 이번에 처음으로 알게 되었다. 할아버지가 하늘나라로 가서 앞으로 볼 수 없다고 생각하니 눈물이 나왔다. 달이와 팽이만 생각했던 자신이 정말 미워졌다. 장례식이 끝나고 집에 도착하자마자 우정이는 달이와 팽이에게 달려갔다.

달이와 팽이가 껍데기 속으로 꽁꽁 들어가 있어서 얼굴과 더듬이를 볼 수가 없었다. 우정이는 달이와 팽이도 하늘나라로 간 것 같다며 울었고, 엄마는 물이 부족해서 그런 것 같다며 물을 아주 많이 뿌려주었다. 달팽이에게 물은 공기와 같은 존재라고 했다. 엄마의 행동은 마치 심폐소생술을 하는 것처럼 보였다. 순간 달팽이가 꿈틀거리는 것을 느꼈다.

"휴, 엄마 살아 있나 봐요. 전 진짜로 죽은 줄만 알았어요."
"다행이다. 우정아, 엄마도 진짜 깜짝 놀랐어."
다음 날 아침이 되었다. 달이와 팽이는 그 모습 그대로였다.
'아직도 자나?'

순간 달이와 팽이 몸이 꿈틀거리는데 평소와는 다르게 격한 몸부림을 쳤다. 보는 것만으로도 달이와 팽이가 고통스러워하는 것이 느껴졌다.

"엄마, 달이와 팽이가 이상해요. 많이 아파 보여요. 어떡해요."

"그러게, 이런 적이 없었는데 왜 그러지?"

그다음 날 달이와 팽이는 처절한 몸부림 끝에 하늘나라로 가버렸다. 엄마와 아빠는 우정이의 얼굴만 쳐다보았다. 우정이 눈에서 눈물이 펑펑 쏟아졌다.

"엄마, 아빠, 달이와 팽이가 정말 하늘나라로 가버렸나 봐요. 저 이제 달이와 팽이가 하늘나라로 잘 갈 수 있게 편하게 보내줄래요. 흑. 울지 않고 웃으면서 보내주고 싶은데. 흑."

"우정이는 어떻게 해주고 싶니?"

아빠가 우정이에게 물어보았다. 우정이는 자기가 해 줄 수 있는 일이 무엇일까 생각해 보았다.

"아빠, 할아버지도 장례식을 해줘서 하늘나라로 무사히 갔으니 달이와 팽이도 장례식을 해주고 싶어요. 모든 생명은 소중하다고 했잖아요. 잘 가라고 인사해 주고 싶어요. 흑흑."

"그래, 좋은 생각인 것 같다. 엄마, 아빠는 생각지도 못했는데 말이야. 우정이 덕분에 달이와 팽이도 편히 잘 갈 수 있을 거야."

집 앞에 있는 소나무 아래에 무덤을 만들어 주었다.

달이와 팽이에게 잘 가라고 기도도 해주었다.

"아빠가 보기에는 우정이가 달이와 팽이를 잘 보살펴 준 만큼, 보내주는 것도 잘해 줄 수 있을 것 같아."

엄마는 달이와 팽이와 함께했던 시간들을 생각했다. 그리고 조용히 눈물을 찔끔 훔치면서 말했다.

"우리 가족에게 힘든 일이 생긴 지 얼마 되지 않아 달이와 팽이까지 가버리다니… 있을 때 더 잘해줄걸."

"엄마, 아빠, 고마워요. 저는 이번 일을 겪으면서 가족의 소중함을 느꼈어요. 우리 가족이 함께라면 어떤 슬픔도 잘 이겨 낼 수 있을 것 같아요. 앞으로 엄마, 아빠 말씀도 잘 듣고 더 잘할게요."

"그래. 엄마 아빠도 우리 우정이한테 더 잘해야겠는걸."

우정이 가족은 달팽이와 함께한 시간 속에서 끈끈한 감정이 생긴 것 같았다. 달이와 팽이의 몸에서 나오는 점액처럼 말이다.

봉순이네
가족입니다

펴낸날 2024년 12월 30일

지은이 손효종
그림 김지영
펴낸이 주계수 | **편집책임** 이슬기 | **꾸민이** 전은정

펴낸곳 고래책빵 | **출판등록** 제 2018-000141 호
주소 서울시 마포구 양화로 156 LG팰리스빌딩 917호
전화 02-6925-0370 | **팩스** 02-6925-0380
홈페이지 www.bobbook.co.kr | **이메일** bobbook@hanmail.net

※ 이 책은 전라남도, (재)전라남도문화재단의 후원을 받아 발간되었습니다.
　　　🌊 전라남도　🌊 전라남도 문화재단